mit schwarzen Löchern!)
Steinsteppe
Flambias Vulkan
Siedende Sümpfe

Franziska Gehm
Die Vulkanos heizen ein!

Bisher erschienen:

Band 1: Die Vulkanos pupsen los!
Band 2: Die Vulkanos sind bombig!
Band 3: Die Vulkanos lassen’s krachen!
Band 4: Die Vulkanos brüten was aus!
Band 5: Die Vulkanos geben Gas!
Band 6: Die Vulkanos heizen ein!

Franziska Gehm

Die Vulkanos heizen ein!

Illustriert von Franziska Harvey

Loewe

www.dieVulkanos.de

FSC
www.fsc.org
MIX
Papier aus verantwortungsvollen Quellen
FSC® C018236

ISBN 978-3-7855-8280-0
1. Auflage 2016

Illustrationen: Franziska Harvey
Umschlaggestaltung: Michael Dietrich
Printed in Poland

www.loewe-verlag.de

Inhalt

Wart ihr schon mal am Ende der Welt? Wenn ihr dort vorbeikommt, braucht ihr nur zweiundzwanzig komma vier Schritte weiterzulaufen und fünf große Hüpfer zu machen. Danach geht ihr sieben Schritte rückwärts. Jetzt kneift ihr das linke Auge zu und dreht euch im Kreis. Dabei zählt ihr bis elf und schlagt drei Purzelbäume. Schon seid ihr da: im Land der Vulkanos.

Dort wohnt Krato. Er lebt mit seiner Familie in einem Vulkan. Neben dem Vulkan fließt ein gurgelnder Fluss. Auf der anderen Seite des Flusses steht ein zweiter Vulkan. In ihm wohnt Flambia mit ihrer Familie.

Krato und Flambia sind Freunde. Freunde, so dick wie der Zucker in der Zuckerwatte. Aber ihre Familien sind sich spinnefeind. Die Erwachsenen haben sich gestritten. Worüber, wissen sie selbst nicht mehr so genau. Kratos Familie lebt zu laut, unerhört ungesund und ist stinkeschmuddelig – findet Flambias Familie. Flambias Familie ist zu langweilig, pingelig ordentlich und so sportlich, dass einem schlecht wird – findet Kratos Familie.

Krato und Flambia finden das alles nur doof. Ob schmuddelig oder sportlich – Hauptsache Vulkano! Vulkanos haben Grips im Kopf und Mut in den Knochen. Aber vor allem haben sie eins: Feuer im Hintern. Wenn sie pupsen, stinkt es nicht, sondern es lodert!

Also, auf geht's, mit Feuer ins nächste Abenteuer!

Drei – zwei – eins – pups!

Der Besuch

Vögel zwitschern im Tal der Vulkanos.
Insekten surren sorglos durch die warme Luft.
Die Sonne strahlt vom Himmel und lacht.
Flambia steht auf dem Balkon und lacht nicht.
Mit ernstem Gesicht gießt sie die Balkonblume.
Schon zum fünften Mal an diesem Tag. Und
zum ungefähr fünfzigsten Mal schielt sie
hinüber zu Kratos Vulkan. Ab und
zu sind von dort Stimmen zu hören.
Manchmal ein Lachen und Kichern.
Und hin und wieder schießt ein
feuriger Knallfurz aus dem Schlot.
Aber Krato hat sich den ganzen
Tag noch nicht blicken lassen.

„Manno!“, sagt Flambia und nimmt gedankenverloren einen Schluck aus der Gieß-kanne. „Kaum hat Krato Besuch, hat er mich schon vergessen.“

Krato hat einen Gast: seine Cousine Funka. Ihre Eltern haben sie gestern ins Tal der Vulkanos gebracht. Kratos Eltern werden sie nach ein paar Tagen wieder zurückbringen. Aber so lange kann Flambia nicht warten. Sich mit einer Balkonblume zu unterhalten, ist nämlich s-t-e-r-b-e-n-s-langweilig.

In diesem Moment donnert ein Feuerpups aus dem Vulkan gegenüber. Danach schallt Lachen aus dem Schlot. Bestimmt hat Krato mit seiner Cousine leckere Brennnessel-Klopse gefuttert und jetzt machen sie ein lustiges Wettpupsen. Flambia sieht sehnsüchtig zu Kratos Vulkan. Wenn Krato nicht zu ihr kommt, dann wird sie ihn eben besuchen.

Flambia steckt den Kopf in Kratos Vulkan, rutscht durch den Schlot hinein und ruft: „Hallo, ihr Pupsmeister!“ Sie ist noch ein klitzekleines bisschen sauer, dass Krato sich nicht gemeldet hat. Aber vor allem ist sie froh, ihn endlich zu sehen.

Doch seltsam – niemand antwortet ihr.

Flambia klopft sich etwas Asche aus dem Fell und sieht sich um.

Krato kniet vor einer Hängematte und stößt sie behutsam an. In der Hängematte liegt ein Vulkano-Mädchen. Am Kopfende sitzt Kratos Mama Lavana und füttert das Mädchen mit dornigen

Häppchen. Am Fußende sitzt Opa Vulko. Er klimpert auf einem Xylofon und singt: „Fünkchen in der Matte, lag und schlief, lag und schlief. Armes Fünkchen, bist du krank, dass du nicht mehr pupsen kannst? Fünkchen, pups! Fünkchen, pups! Fünkchen, puuuups!“

Flambia streckt den Po raus und singt laut: „Flambia puuupst!“ Dazu drückt sie eine feine rosa Wolke ab.

„Psst!“ Krato dreht sich zu ihr um. „Nicht so laut, meine Cousine muss sich ausruhen.“

Flambia geht zur Hängematte. Das Vulkano-Mädchen darin hat herrlich weiche rosarote Löckchen. Am liebsten würde Flambia ihr Fell streicheln. „Hallo, ich bin Flambia.“

Flambia winkt Kratos Cousine zu.

Die blinzelt mit großen Kulleraugen und langen Wimpern. Ihr Näschen kräuselt sich. Dazu macht sie Schmatzgeräusche, während sie auf einer Feuerknolle herumnuckelt.

„Das ist meine Cousine Funka“, sagt Krato stolz und flüstert Flambia dann zu: „Fünkchen kann noch nicht reden.“

Flambia runzelt die Stirn. Hä? Funka ist zwar zierlich, aber bestimmt genauso alt wie Krato. Und an einer Feuerknolle nuckeln, das machen nur Vulkano-Babys oder zahnlose Opas. „Ist sie krank?“, flüstert Flambia.

Krato schüttelt den Kopf, dann sieht er Funka verträumt an und seufzt. „Sie ist einfach nur süß!“

Flambia verschränkt die Arme. „Süß ist ungesund!“

Ein toller Tag

Am nächsten Tag zeigt Krato seiner Cousine das Tal der Vulkanos. Flambia kommt mit. Schließlich ist es auch ihr Tal. Und schließlich ist es auch ihr Krato!

Krato, Flambia und Fünkchen klettern aus dem Vulkan. Kratos kleiner Drache Smok fliegt hinaus.

„Vulkanrutsche!“, ruft Flambia, klemmt ein Rindenstück unter ihren Po und ist bereit für die Abfahrt. Sie schielt zu Krato, der Fünkchen aus dem Schlot hilft. Dabei kann sie bestimmt selbst klettern.

„Traust du dich alleine? Oder wollen wir zusammen rutschen?“, fragt Krato seine Cousine.

Fünkchen nuckelt an der Feuerknolle und klammert sich an Krato.

Flambia und Smok verdrehen die Augen. Jedes Baby schafft es alleine einen Vulkanhang runter!

„Auf die Popos, fertig, LOS!“, ruft Flambia und stößt sich ab.

Sie rasen den Hang hinab. Asche staubt, Steinchen fliegen. Flambia liegt in Führung. Krato hat Fünkchen auf dem Schoß. Er rutscht ganz vorsichtig und bremst mit den Füßen. Da kitzelt seine Cousine ihn in den Kniekehlen. Krato hebt kichernd die Beine und die beiden rauschen ins Tal. Fünkchen juchzt und zwinkert Flambia zu.

„Seltsam, dieses Fünkchen“, denkt Flambia.

Im Tal gehen sie zuerst zum Zugdrachen. Mit dem pflügt Kratos Papa die Brennnesselfelder. „Du musst keine Angst haben, Fünkchen, unser Zugdrache ist zahm und zahnlos“, erklärt Krato. Trotzdem hält er lieber etwas Abstand zum Drachen, genau wie Flambia.

Fünkchen hebt ein paar Flammkörner vom Boden auf und füttert den Zugdrachen. Sie kichert, als der Drache über ihre Hand schleckt.

Flambia staunt. „Kratos Cousine ist ganz schön mutig!“, denkt sie, während sie weitergehen.

„Das alles sind unsere Felder.“ Krato breitet die Arme aus. „Brennnessel, Feuerwurz, Flammweizen und …“

Krato und Flambia drehen sich um. Fünkchen ist bei einem Busch mit roten, zapfenförmigen Beeren stehen geblieben.

„Fünkchen, kannst du nicht mehr? Komm, ich trage dich!“, ruft Krato sofort.

„Manno, Krato, sie ist doch kein Baby!“, sagt Flambia.

Smok stöhnt einen Feuerrülpser und klatscht sich einen Flügel vors Gesicht.

Krato trägt seine Cousine huckepack nach Hause. Flambia stapft nachdenklich hinterher.

Zurück im Vulkan spielen sie mit Kratos Eltern „Dreh dich nicht um, der Pupser geht um, wer sich umdreht oder lacht, bekommt die Haare angefacht“.

Opa Vulko guckt zu. Aus seinem Popo kommen nur noch graue Wolken, damit kann man nichts anfachen. „Na ja, in meinem Alter muss man nicht mehr jeden Blödsinn mitmachen“, sagt er und klimpert auf dem Xylofon vor sich hin.

Am Abend liegt Flambia noch lange wach. Sie denkt an Fünkchen. Krato hat recht. Seine Cousine ist unheimlich süß. Und sie ist unheimlich mutig. Aber irgendwie ist sie auch unheimlich unheimlich. Wieso kann sie nicht sprechen? „Irgendetwas ist da faul!“, ist sich Flambia sicher.

Hintern geschlossen

Am nächsten Morgen wird Flambia von schaurigen Geräuschen geweckt. Sie kommen aus Kratos Vulkan! Sie hört ein UUUHHOOO und ein AUUUUHUU und ein EIEIEIEIIII! Schon vom Zuhören bekommt Flambia Bauchschmerzen. Was zum Donnerfurz ist da los? Flambia eilt zu Krato.

Lavana, Erupto und Opa Vulko wälzen sich im Vulkan auf dem Boden. Sie halten sich die Bäuche. Lavana ist ganz grün im Gesicht. Erupto hat eine blaue Nase und Opa Vulkos Glatze schimmert grünlich. Er zerrt an seinem Bart und jault: „Mein Bauch! Mein Hintern! Traurig genug, dass nur noch graue Wolken rauskommen. Aber gar nicht mehr pupsen – ich geh kaputt!“

Lavana krümmt sich und hält sich an der Nase ihres Mannes fest. „So eine schlimme Verstopfung hatte ich noch nie.“

„Stimmt“, presst Erupto durch die zugedrückte Nase hervor.

Krato steht hilflos vor seiner Familie. Fünkchen schielt aus der Hängematte herüber.

„Ihr Armen! Das ist ja furchtbar“, sagt Flambia und tätschelt Opa Vulkos Glatze. Wenn ein Vulkano Verstopfung hat, fühlt er sich, als würde er innerlich explodieren.

Hattet ihr auch schon mal eine richtig schlimme Verstopfung? So doll, dass eure Nase blau wurde und eure Glatze grün? Nein? Ach, und eine

Glatze habt ihr auch nicht? Dann habt ihr aber Glück!

„Seit gestern Abend hat keiner von ihnen gepupst“, erklärt Krato. „Stau im Darm – Alarm, Alarm!“

„Ich frage meine Eltern und Oma Etna. Die kennen sich aus mit Heilkräutern und gesunder Ernährung.“

Flink klettert Flambia aus dem Schlot und saust zurück in ihren Vulkan. Ihre Eltern und Oma Etna machen gerade Frühsport.

„Kratos Mama, Papa und Opa sind verstopft!“, ruft Flambia.

„Verstopft und verfettet. Kein Wunder, die sollten mal Sport treiben!“, schnauft Mama Magmalia zwischen zwei Kniebeugen.

„Haben wohl etwas Falsches zum Abendbrot gegessen“, meint Oma Etna, die gerade einen Yoga-Knoten in ihren Körper macht.

„So schön es ist, dass es aus dem Vulkan da drüben nicht mehr alle paar Minuten böllert und lodert“, sagt Mama Magmalia, „aber dieses Gejaule und Gejammer und Gestöhne ist noch viel schlimmer!“

„Dabei müssen sie nur Kackmille zu sich nehmen", sagt Papa Glazio, haucht seine Brille an, putzt sie und setzt sie wieder auf.

„Kackmille! Danke, Papa!" Flambia gibt ihrem Papa jeweils einen Kuss auf die Brillengläser, die sofort wieder beschlagen. Trotzdem blinzelt ihr Papa glücklich.

Krato, Flambia, Fünkchen und Smok streifen durch die Felder im Tal der Vulkanos. „Hier irgendwo wächst Kackmille“, sagt Krato und quetscht sich durch zwei Büsche. „Ha! Na bitte!“ Krato zeigt auf ein paar Pflanzen mit dicken gelben Blüten.

„Puh!“ Flambia wedelt vor ihrer Nase herum. „Die stinken ja furchtbar!“

„Den Rüsselschnaken gefällt's", sagt Krato. „Oder sie haben Schnupfen und riechen nichts." Um die Blüten herum surren Insekten. Sie saugen mit den Rüsseln gierig an den Blüten. Jeder Vulkano weiß, dass sie damit auch richtig fies stechen können.

„Flambia, Fünkchen, Smok, ihr bleibt hinter mir!" Krato breitet die Arme aus und läuft mutig auf die Kackmille zu. Eigentlich fühlt er sich gar nicht mutig. Eher mulmig. Aber er ist nun mal ein Held und muss die anderen vor den Rüsselschnaken beschützen.

Kaum nähert sich Krato der Kackmille, stürzen sich Rüsselschnaken auf ihn. Krato wirbelt herum, stößt mit Flambia zusammen und kracht mit ihr zu Boden.

„Manno, was soll denn das?“, meckert Flambia.

„Ich habe dich gerettet!“, keucht Krato.

Als sie sich wieder aufrappeln, sehen sie, dass Fünkchen in aller Ruhe Kackmille pflückt. Die Rüsselschnaken tanzen fröhlich um sie herum. Fünkchen fiept ihnen etwas zu.

„Die unterhalten sich“, flüstert Krato.

Flambia runzelt die Stirn. „Mit uns kann deine Cousine nicht reden, aber mit Tieren schon. Sehr, sehr seltsam.“

Magen-Medizin

„Mund auf!“ Flambia guckt Opa Vulko streng an. Als er endlich seinen Mund öffnet, schiebt sie den Löffel mit der Medizin hinein.

Auch Lavana schluckt die Medizin und stöhnt. „Hoffentlich werden wir wieder gesund, bis wir Fünkchen zurückbringen müssen.“

Erupto hält sich mit geschlossenen Augen den Bauch. „Bestimmt. Kein Grund, Fünkchens Eltern zu beunruhigen. Die machen sich sowieso immer viel zu viele Sorgen."

„Morgen böllert ihr wieder wie die Silvesterknaller", sagt Krato.

Doch am nächsten Morgen stöhnen Lavana, Erupto und Opa Vulko noch lauter. Opa Vulkos Bart steht in alle Richtungen ab, so sehr hat er ihn vor Schmerz gerauft. „Wenn die Verstopfung nicht bald aufhört, explodiere ich mit einem lauten Knall und es bleibt nur noch eine graue Rauchwolke von mir übrig. *Paff!*"

Krato ist verzweifelt. Als Fünkchen Mittagsschlaf macht, setzt er sich mit Flambia an den Fluss. „Was sollen wir nur machen? Die Medizin hilft nicht. Deine Eltern haben uns den falschen Rat gegeben“, sagt er.

„Ach, jetzt sind meine Eltern schuld?“ Flambia funkelt Krato an. „Vielleicht hast du die Kackmille falsch zubereitet.“

„Ich? Nee. Außerdem hat Fünkchen die Medizin gekocht, ich habe nur helfend zugesehen.“

„Fünkchen?“ Flambia guckt misstrauisch. „Dann hat sie was falsch gemacht. Vielleicht sogar mit Absicht!“

„Quatsch mit Lava!“ Krato springt auf. „Wie kannst du meine Cousine verdächtigen? Du hast wohl einen Pups im Kopf!“

„Und du hast nur noch rosarote Puschel im Gehirn.“ Flambia steht auf und stemmt die Hände in die Hüften. „Am besten, wir holen noch mal Kackmille und dann koche ICH die Medizin.“

„Na schön.“
„Aber kein Wort zu Fünkchen darüber!“ Flambia sieht Krato ernst an.

Krato, Flambia und Smok brechen sofort auf. Smok gelingt es, die Rüsselschnaken abzulenken, sodass Flambia ihre Gürteltasche mit Kackmille füllen kann. Sie eilen durch die Felder zurück. Plötzlich bleibt Flambia stehen. „Guck mal!“ Sie zeigt auf einen Busch mit knallroten, zapfenförmigen Beeren.

Krato mustert den Busch.

„Stopf-Butten. Na und?“

„Siehst du diese seltsamen Spuren?“ Flambia deutet auf den Boden.

Krato kniet sich hin. Um den Busch herum sind lauter Abdrücke. Manche sind ganz frisch, vielleicht von letzter Nacht, andere schon älter. „Das muss irgendein Tier gewesen sein. Ein Tier, das gerne Stopf-Butten futtert.“

„Und gerne Verstopfung bekommt?“ Flambia grinst schief. „Stopf-Butten machen Verstopfung, das weiß jeder. Ich wette, diese seltsamen Spuren haben etwas mit der Verstopfung bei dir zu Hause zu tun.“

„Das finden wir heraus! Wir legen uns nachts auf die Lauer“, meint Krato eifrig. Es gibt nur eins, was er noch mehr liebt als Brennnessel-Klopse, und das sind Abenteuer.

„Aber ohne Fünkchen“, ergänzt Flambia energisch.

„Traust du ihr etwa immer noch nicht?“, fragt Krato.

„Och, ich meine ja nur, das ist doch viel zu gefährlich für sie. Und außerdem geht Fünkchen immer früh ins Bett“, sagt Flambia.

„Stimmt. Gut, dass du dich so um Fünkchen sorgst.“

Flambia blinzelt. Sie sorgt sich sehr um Fünkchen. Aber nicht so, wie Krato wohl meint.

Auf der Lauer

Schon seit Stunden liegen Krato und Flambia in der Nähe des Stopf-Butten-Buschs auf der Lauer. Zuvor hat Flambia daheim mithilfe ihrer Oma neue Kackmille-Medizin gekocht. Krato hat seine Eltern und Opa Vulko damit gefüttert. Nachdem sie stöhnend eingeschlafen waren und auch Fünkchen in der Hängematte die Augen geschlossen hatte, waren die Freunde aufgebrochen.

„Ich kann kaum noch die Augen aufhalten.“ Flambia gähnt.

„Ein echter Held ist nie müde“, nuschelt Krato mit geschlossenen Augen im Halbschlaf. Smok, der auf seinem Kopf sitzt, krault ihm das Fell.

Flambia kuschelt sich an Krato. Es ist zwar dunkel und kalt, aber trotzdem ist etwas ganz Warmes in Flambias Bauch. Das ist das Glück. Endlich hat sie Krato wieder ganz allein für sich.

Der Mond steht hoch über ihnen und lässt den Stopf-Butten-Busch silbern glänzen. Die Nacht schluckt alle Geräusche. Nur in der Ferne hört man leise das Plätschern des Flusses.

Plötzlich raschelt es im Feld neben ihnen. Zweige knacken. Ein unheimliches Schmatzen dringt aus der Dunkelheit. Es kommt direkt auf sie zu!

Krato, Flambia und Smok sind sofort hellwach und drücken sich noch tiefer in ihr Versteck.

Etwas zwängt sich zwischen Sträuchern auf den Stopf-Butten-Busch zu. Zunächst erkennt man nur Umrisse. Dann fällt das Mondlicht auf den nächtlichen Besucher.

„Eine Drachenechse“, haucht Krato. Doch diese Drachenechse ist viel kleiner als die Drachenechsen, die in den Siedenden Sümpfen hausen. Statt grüner Schuppen hat sie ein samtenes Fell voller Pünktchen. Und auf dem Rücken, wo bei den anderen Drachenechsen spitze Dornen sind, sitzt jemand.

Flambia kneift die Augen zusammen. „Das ist doch … eine süße kleine Drachenechse und eine süße kleine Cousine!“

Fünkchen reitet auf der Drachenechse auf den Stopf-Butten-Busch zu und nuckelt schmatzend an der Feuerknolle.

Wut im Po

Fünkchen reckt sich nach den Stopf-Butten, pflückt sie und steckt sie in einen kleinen Beutel.

Flambia ballt die Hände zu Fäusten. Also hat sie doch recht! Kratos Cousine führt sie alle an der Nase herum. Oder was hat sie sonst hier zu suchen?

Flambia kann ihre Wut nicht länger unterdrücken. Bevor Krato einen klaren Gedanken fassen kann, springt Flambia aus dem Versteck. „Du falsches Fünkchen!“, ruft sie, streckt den Po heraus und feuert eine heiße Ladung Pupse auf Kratos Cousine ab.

Fünkchen zuckt zusammen, die Feuerknolle schießt im hohen Bogen aus ihrem Mund und landet mit einem *Dätsch!* auf Smoks Kopf. Smok taumelt schielend in Kratos Arme.

Fünkchen rutscht von der Drachenechse und stürmt in die Dunkelheit davon.

Die Drachenechse aber lässt sich nicht mit ein paar Feuerfürzchen vertreiben. Wütend schleudert sie ihre lange Zunge heraus, schnappt sich Flambia und rollt sie ein. Dann dreht sie sich um und will davonstapfen.

„MANNOOOOOO!“
Flambia zappelt mit Armen und Beinen.
Erst da erwacht Krato aus seiner Schreckstarre.
Mit zwei Sätzen ist er bei der Drachenechse und richtet seinen Po auf sie.
„Smok, Feuer marsch!“, ruft er.
Krato und Smok rülpsen und pupsen, dass es nur so böllert und knistert.

Die Drachenechse versucht, die Feuergeschosse mit dem Schwanz abzuwehren. Doch die Funken kitzeln so sehr an ihrem Po, dass ihr ganzer Körper zuckt und sie Flambia schließlich freigibt.

Flambia plumpst zu Boden und flitzt zu Krato.

Die Drachenechse blickt traurig in die Dunkelheit. Sie interessiert sich nicht für Krato, Flambia und Smok, sondern nur für Fünkchen. Wo steckt sie?

Das wüssten Krato und Flambia auch gerne. „Komm, wir müssen Fünkchen finden“, sagt Krato und zieht Flambia mit sich ins dunkle Dickicht.

Im Dunkeln tapsen

Krato und Flambia irren durch die Nacht. Eine dicke Wolke hat sich vor den Mond geschoben. Es ist stockfinster. Die Freunde zwängen sich durchs Gebüsch und straucheln über Steine und Äste.

„FÜNKCHEN!“, ruft Krato.

„Selbst wenn sie dich hört – außer Schmatzen und Fiepen bekommt sie doch keinen Ton raus“, sagt Flambia.

„Zum Donnerfurz aber auch!“ Krato zieht verzweifelt an seinen Hörnern. „Was, wenn sich Fünkchen in den Siedenden Sümpfen verläuft und dort versinkt? Oder wenn sie sich in der Nebelpampa verirrt und in ein schwarzes Loch plumpst?“

Flambia nickt. Auch wenn Fünkchen sie belogen hat, bleibt sie Kratos Cousine und sie müssen ihr helfen.

Immer schneller streifen Krato und Flambia durchs Tal. Zweige schlagen ihnen ins Gesicht, Dornen piksen sie ins Fell, Steine zwicken unter ihren Fußsohlen. Smok flattert über ihren Köpfen. Aber auch er kann Fünkchen in der Dunkelheit nirgendwo entdecken.

Schließlich bleiben sie stehen und lehnen sich erschöpft an eine Stinkrüben-palme.

„Das ist alles meine Schuld“, schnauft Flambia.

Kratos Ohren hängen traurig nach unten. Smok schleckt ihm tröstend übers Gesicht.

Plötzlich richtet sich Flambia auf. „Hörst du das?“

Wie ein feiner weißer Nebel dringen Rufe durch die Finsternis.

Kratos Ohren zucken sofort in die Höhe. „Ist das etwa …?“

„Das kann doch nicht …!“, staunt Flambia.

Die Freunde sehen sich entgeistert an. Dann hasten sie los, immer den Rufen nach.

Geheimnisse

Je näher Krato und Flambia kommen, desto deutlicher werden die Rufe.

„KRATOOO! Flambiaaa! Hilfeeee!“

Krato und Flambia rennen am Rand des Brennnesselfeldes entlang. Die Rufe kommen aus dem tiefen Kompost-Loch. Außer Atem bleiben Krato und Flambia davor stehen.

Gerade als sie in das tiefe Loch spähen, zieht die Wolke weiter und das kühle Mondlicht fällt auf die Gestalt im Loch. Tatsache: Dort kauert Fünkchen! Ihr rosa Puschelfell ist zerzaust. In ihren Augen schimmern Tränen und sie zittert vor Angst und Kälte.

„Bitte, helft mir!", sagt Fünkchen.

Krato und Flambia sind unglaublich froh, dass sie Fünkchen gefunden haben. Aber sie sind auch unglaublich sauer auf Fünkchen.

„Wieso kannst du auf einmal reden?", fragt Krato.

„Und was willst du mit den Stopf-Butten?", fragt Flambia.

Smok guckt streng auf Fünkchen hinab.

Fünkchen holt tief Luft. „Ich kann schon lange reden. Aber ich musste es nie. Jeder Wunsch wird mir von den Augen abgelesen. Alle lieben mich, weil ich so klein und niedlich bin – aber was, wenn ich das nicht mehr bin?"

Krato zieht erstaunt die Augenbrauen hoch.

„Und die Stopf-Butten?“, fragt Flambia.

„Zu Hause bin ich ganz allein. Da ist keiner zum Spielen“, fährt Fünkchen fort. „Mit euch habe ich so viel Spaß. Den größten Spaß bisher überhaupt! Ich will nicht, dass Kratos Eltern mich zurückbringen.“

Flambia nickt. „Aha. Du hast dich also nachts rausgeschlichen, Stopf-Butten gesammelt und sie Kratos Eltern und Opa Vulko ins Essen gemischt.“

Fünkchen schielt auf ihre Zehen, dann schuldbewusst nach oben. „Ich wollte ja nicht, dass sie total verstopfen. Nur ein bisschen, damit ich länger bleiben kann. Deshalb habe ich auch die Kackmille ausgetauscht, als wir die Medizin gekocht haben."

„Ich glaub, mein Popo pfeift!" Krato fasst sich an den Kopf.

„Eins verstehe ich noch nicht", sagt Flambia. „Woher kommt diese kleine Drachenechse?"

„Die ist mir zugelaufen. Nachts wartet sie immer auf mich. Ich glaube, sie wurde von den anderen Drachenechsen verstoßen, weil sie so klein und anders ist. Mit Tieren verstehe ich mich prima.“ Fünkchen presst die Handflächen aufeinander und sieht flehend nach oben. „Das mit der Verstopfung war doof und dämlich. Es tut mir furchtbar leid.“ Fünkchen seufzt lange und tief.

Krato, Flambia und Smok sehen das traurige Fünkchen und seufzen auch.

„Also“, sagt Krato böse. „Du hast uns alle veräppelt. So doll, so viele Äppel hängen an keinem Apfelbaum. Und du hast meine Eltern und Opa Vulko verstopft. So schlimm, da hilft kein Rohrreiniger. Es geschieht dir nur recht, dass du jetzt in diesem Loch hockst!“

Flambia sieht Krato erschrocken an. Meint er das ernst?

Ein echter Held

Krato guckt streng nach unten, doch schon nach ein paar Sekunden schmilzt sein strenger Blick wie Butter in der Sommersonne. „Na klar holen wir dich da raus, Lieblingscousine!“

„Aber wie? Wir haben kein Seil und keine Leiter, nichts!“, sagt Flambia.

In dem Moment raschelt es im Brennnesselfeld und die kleine Drachenechse stößt durch die dunkelgrünen Zweige. Sie grunzt vor Glück, als sie Fünkchen im Loch entdeckt. Blitzschnell streckt sie ihre Zunge aus, schlingt sie um Fünkchen und zieht sie aus dem Loch. Fünkchen kuschelt sich an das Fell der Echse. „Danke dir, du bist mein Held!“

Krato räuspert sich. Er dachte immer, er sei der Held. Na ja.

Fünkchen drückt Krato einen Kuss auf die Wange. „Und du bist mein Lieblingscousin!“

Als Krato, Flambia, Fünkchen, Smok und die Drachenechse wieder beim Vulkan ankommen, dämmert schon der Morgen. Orange und pink schiebt sich die Sonne über den Horizont.

Oma Etna steht auf dem Balkon auf der anderen Flussseite und macht Frühsport.

Auf einmal gibt es einen lauten Knall. Kratos Vulkan wackelt. Eine Sekunde später schießt eine gigantische dunkelgraue Wolke aus dem Schlot.

„Mein PO ist wieder FROH!!!", hört man Opa Vulko im Vulkan rufen. „Habt ihr das gesehen? Ein echter Knaller war das! Ach, was sage ich, eine gewaltige Furz-Bombe!"

Opa Vulkos grauer Pups war der Startschuss. Kurz darauf stieben Flammen, Funken und Feuerkugeln aus dem Schlot und explodieren mit lautem Knall am Morgenhimmel.

Flambia, Krato und Fünkchen sehen staunend zu und machen „Oh!“ und „Ah!“.

„Jetzt pupsen sie da drüben wieder“, sagt Oma Etna, rümpft die Nase und verschwindet vom Balkon.

Tierisch gute Idee

Lavana, Erupto und Opa Vulko böllern den ganzen Vormittag. Mittags kocht Lavana ein Festessen. Alle futtern mindestens fünfzig Brennnessel-Klopse. Danach liegen sie am Fuße des Vulkans und lassen sich die Sonne auf die Bäuche scheinen. Satt, glücklich und zufrieden blinzeln sie in den blauen Himmel.

Nur Fünkchen steht neben ihrer Drachenechse. Sie streichelt sie und guckt traurig in ihre großen Augen.

„Du machst ein Gesicht, als hätte dich Opa Vulko in eine Pupswolke gehüllt“, sagt Krato.

„Die Verstopfung ist vorbei und vergessen. Davon lassen wir uns nicht die Freundschaft verstopfen.“ Flambia zupft Fünkchen aufmunternd am rosa Fell.

„Aber ich muss bald nach Hause“, sagt Fünkchen. „Und dann bin ich wieder allein.“

Krato runzelt die Stirn. Wenn er seine Cousine so traurig sieht, fühlen sich die Brennnessel-Klopse in seinem Magen wie Steine an. Plötzlich hat er eine Idee. „Du kommst uns bald wieder besuchen. Und bis dahin hast du deine kleine Drachenechse!“

Fünkchen schüttelt den Kopf. „Kein Haustier, sagen meine Eltern.“

Krato hebt den Zeigefinger. „Fünkchen darf kein Haustier haben. Aber du bist jetzt Funka. Und Funka kann reden, ist mutig, kann auf ein Haustier aufpassen und darf alles. Nur uns vergessen natürlich nicht.“

Langsam breitet sich ein Lächeln auf Funkas Gesicht aus. „Euch vergessen? So ein Quatsch! Und jawohl, meine Drachenechse nehme ich mit!“

Flambia umarmt Funka. Lange liegen sich die Freunde in den Armen. Ab und zu schiebt die kleine Drachenechse ihren Kopf dazwischen.

Smok hat es sich derweil auf Opa Vulkos dickem Bauch bequem gemacht. Er wackelt mit den Ohren und nuckelt laut schmatzend an einer Feuerknolle.

Habt ihr schon mal
für Verstopfung gesorgt?
Alles, was ihr dazu braucht, sind ein
paar Erwachsene mit gutem Appetit,
ein Eimer voll reifer Stopf-Butten,
ein Kartoffelstampfer und ein
Löffel. Säubert die Stopf-Butten,
zerstampft sie und rührt sie unter
das Essen (am besten in einen
Kartoffelbrei oder eine Kürbissuppe).
Jetzt nur noch servieren und fertig
ist die Verstopfung!
Zu Risiken und Nebenwirkungen fragt
ihr euren Arzt oder Apotheker ...
Ach nein, lieber nicht.

Franziska Gehm wohnt mit ihrer Familie in einem Vulkan mit Dusche, Waschmaschine und Sandwichtoaster in der Nähe von München. Wenn sie gerade keine Bücher schreibt, brät sie mit ihren Kindern Brennnessel-Klopse oder hört Musik, dass der Vulkan wackelt.

Franziska Harvey wohnt im Dachgeschoss eines sehr alten Vulkans mit Blick über Frankfurt. In einer hübschen Vulkankammer im Hof malt sie manchmal so schnell so viele Bilder, dass das Papier glüht! Wenn sie freihat, jagt sie mit ihrem Hund über die Brennnesselfelder oder schleckt Stachelbeereis mit ihren Kindern.

Willkommen ...

Smok Krato Flambia

Papa Erupto, Mama Lavana
und Opa Vulko

Oma Etna, Papa Glazio
und Mama Magmalia

... im Tal der Vulkanos!

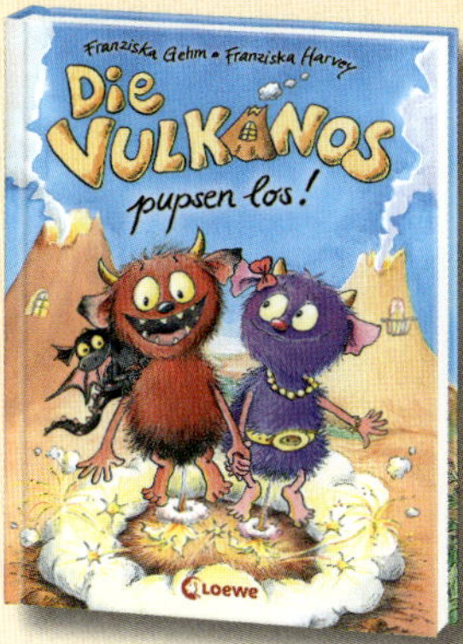

Band 1
ISBN 978-3-7855-7658-8

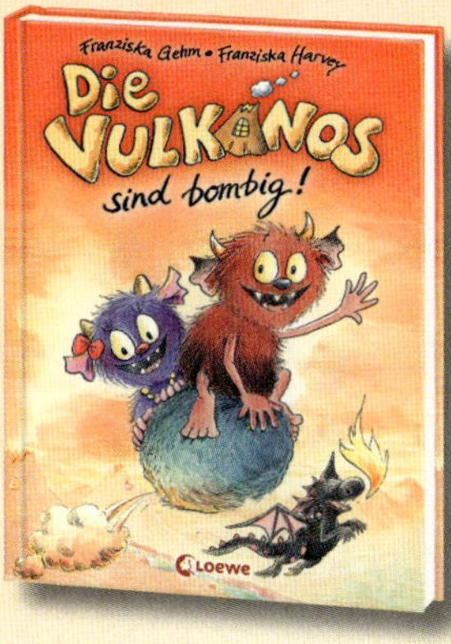

Band 2
ISBN 978-3-7855-7659-5

Band 3
ISBN 978-3-7855-8013-4

Band 4
ISBN 978-3-7855-8046-2

Band 5
ISBN 978-3-7855-8197-1

Der nächste Band erscheint im Frühjahr 2017.

Nebelpamp
Eisige
Gletschergiganten
Brennnesselfelder
Kratos Vulkan
Disteln
Stachelbeeren
Fluss